AF457734

20 Avril 1907

Marqué P

VENTE

DU SAMEDI 20 AVRIL 1907

HOTEL DROUOT, SALLE I

à 2 heures

TABLEAUX

ANCIENS

GRAVURES

COMMISSAIRE-PRISEUR

Me PAUL CHEVALLIER

EXPERT

M. JULES FERAL

CATALOGUE

DE

Tableaux Anciens

PAR

BELLOTTO, BOILLY, BOUT ET BOUDEWYNS
BREUGHEL, J. VAN CEULEN, JEAURAT, LANGENDYK
PETER LELY, FRANCISQUE MILLET, MOLENAER, ROSLIN
SANTERRE, SCHALKEN, TAUNAY, VINCENT, ETC.

Gravures des Écoles Française et Anglaise

EN NOIR & EN COULEUR

DESSINS

DONT LA VENTE AURA LIEU A PARIS

HOTEL DROUOT, SALLE N° 1

Le Samedi 20 Avril 1907

à 2 heures

COMMISSAIRE-PRISEUR
Me PAUL CHEVALLIER
10, rue Grange-Batelière, 10

EXPERT
M. JULES FÉRAL
7, rue Saint-Georges, 7

EXPOSITION PUBLIQUE

Le Vendredi 19 Avril 1907, de 1 heure 1/2 à 6 heures

CONDITIONS DE LA VENTE

Elle sera faite au comptant.

Les acquéreurs payeront *dix pour cent* en sus des enchères.

Paris. — Imp. Georges Petit, 12, rue Godot-de-Mauroi. — 17708-07.

Désignation

GRAVURES

DES

ÉCOLES FRANÇAISE & ANGLAISE

en noir et en couleur

DESSINS, AQUARELLE, PASTEL

BAUDOIN (D'après)

1 — *Le Coucher de la mariée.*
Gravure par Moreau le Jeune et Simonet.

BENWELL

2 — *La Beauté de St. Jame'ss.*

3 — *La Beauté de St. Gile'ss.*
Gravures.

FRAGONARD (D'après)

4-5 — *Sujets des Fables de La Fontaine.*
Deux gravures.

FREUDEBERG (D'après)

6 — *Le Petit jour.*

Gravure par Delaunay.

FREUDEBERG (D'après)

7 — *La Gaieté conjugale.*

Gravure par Delaunay.

GARNERAY

8 — *Vue prise aux environs de Constantinople.*

Aquarelle gouachée.
Signée à droite.

GÉRARD (D'après Mlle)

9 — *Le Bouquet inattendu.*

Gravure par Henri Gérard.

GUERCHIN (Attribué au)

10 — *Dessin à double face.*

Bistre.

HUET (J.-B.)

11-12 — *Pastorales.*

Deux gravures.

HUET (D'après)

13 — *Les Grâces enchaînées par l'Amour.*

Gravure par Chaponnier.

HUET (D'après)

14 — *Offrande au dieu Pan.*

Gravure par Jubier.

HUET (D'après)

15 — *Le Plaisir innocent.*

16 — *Le Mouton chéri.*

Gravures par Demarteau.

HUET (D'après)

17 — *Le Dîner.*

18 — *Le Souper.*

Gravures par Bonnet.

KAUFFMANN (D'après Angelica)

19 — *Les Grâces.*

Gravure par Bartolozzi.

LAGNEAU

20 — *Portrait d'homme portant un manteau drapé sur l'épaule.*

Dessin au crayon noir rehaussé de sanguine.

LANCRET (D'après)

21 — *La Servante justifiée.*

Gravure par N. de Larmessin.

LANCRET (D'après)

22 — *Le Glorieux.*

Gravure par Dupuis.

LAVREINCE (D'après)

23 — *L'Assemblée au concert.*

Gravure par Dequevauviller.

LAVREINCE (D'après)

24 — *Qu'en dit l'abbé?*

Gravure par Delaunay.

LAVREINCE (D'après)

25 — *Le Billet doux.*

Gravure par Delaunay.

LE PRINCE (D'après)

26 — *L'Amour à l'espagnole.*

Gravure par Saint-Aubin.

LONGHI (Pietro)

27 — *Le Lever.*

28 — *La Leçon de danse.*

Gravures par Flipart.

MORLAND (D'après)

29 — *Les Joies du foyer.*

Gravure par Bartoloti.

PATER (D'après)

30 — *Pyramide d'ailes et de cuisses de poulets.*

Gravure par Lépicié.

PATER (D'après)

31 — *Scène du Roman comique.*

Gravure par Surugue.

PATER (D'après)

32 — *Le Bain.*

Gravure.

QUEVERDO (D'après)

33 — *Le Coucher de la mariée.*

34 — *Les Accords du mariage.*

Gravures.

SAINT-AUBIN (D'après)

35 — *Le Bal paré.*

36 — *Le Concert.*

Gravures.

TAUNAY

37 — *Foire de village.*

38 — *Noce de village.*

Gravures par Descourtis.

VAN LOO (D'après)

39 — *Lecture espagnole.*

Gravure.

VINCENT

40 — *Portrait d'un vieillard aux longs cheveux.*

Pastel.

Tableaux Anciens

ALBANE (Ecole de

41 — *Jeux d'enfants.*

BALEN (Attribué à van

42 — *Réunion de druides.*

BASSANO (Attribué à)

DEUX PENDANTS

43-44 — *Sujets bibliques.*

BELLOTTO (Bernard)

DEUX PENDANTS

45 — *Vue d'un canal, à Venise.*

46 — *Marché devant un palais, à Venise.*

BERGHEM (Attribué à Nicolas)

47 — *Le Repos des bergers.*

BÉRRÉ (Jean-Baptiste)

48 — *Pâturage.*

BLOEMEN (Pierre van)

49 — *Un Manège.*

BOEL (Pierre)

50 — *Chiens et gibier.*

Signé du monogramme.

BOILLY (Louis-Léopold)

51 — *Portrait d'enfant.*

BONINGTON (Attribué à)

52 — *La Baie de Naples.*

BONINGTON (Attribué à)

53 — *Marine avec abbaye sur un rocher.*

BOSCH (Attribué à Jérôme)

54 — *L'Adoration des bergers.*

BOSSCHAERT (Jean-Baptiste)

55 — *Vase orné de fleurs.*

BOUCHER (Ecole de)

56 — *La Toilette de Vénus.*

BOUCHER (Ecole de)

57 — *Jeune femme assise dans un traîneau.*

BOUT (Pierre)

ET

BOUDEWYNS (Adrien-François)

DEUX PENDANTS

58-59 — *Scènes de marché.*

Compositions animées d'un grand nombre de figures.

BREUGHEL (Jean)

60 — *Baigneurs dans un village flamand.*

BUDELOT (Philippe)

61 — *Le Platane.*

CEULEN (Janson van)

62 — *Portrait d'homme en buste.*

Cadre en bois sculpté.

CEULEN (Attribué à Janson van)

63 — *Portrait d'un sculpteur.*

CHAMPAIGNE (Attribué à Philippe de)

64 — *Portrait de Louis XIII.*

CHARDIN (Attribué à)

65 — *Dépouilles de mouton.*

DESPORTES (Attribué à)

66 — *Portrait d'un chasseur tenant une perdrix de la main gauche.*

Cadre en bois sculpté.

DYCK (D'après van)

67 — *Portrait d'un gentilhomme.*

Cadre en bois sculpté.

GÉRARD (Genre du Baron)

68 — *Portrait d'homme à mi-corps.*

GREUZE (Ecole de)

69 — *Portrait de Turgot.*

Toile de forme ovale.

GREUZE (Ecole de)

70 — *Fillette en buste.*

GREUZE (Genre de)

71 — *Le Retour au village.*

Esquisse.

GRYF (Adrien)

72 — *Chien gardant du gibier.*

GUARDI (Attribué à)

DEUX PENDANTS

73-74 — *Vues de Venise.*

HEEM (Attribué à David de)

75 — *Fruits, crustacés, pain et verre de vin posés sur une table.*

HEYDEN (Attribué à van der)

76 — *Vue d'Amsterdam.*

Signé à gauche.

JANSSENS

DEUX PENDANTS

77-78 — *Bacchanales.*

Signés et datés.

JEAURAT (Etienne)

79 — *Le Benedicite.*

Cadre en bois sculpté.

JEAURAT (Attribué à Etienne)

80 — *Le Déjeuner à l'atelier.*
Cadre en bois sculpté.

LANGENDYK (Thierry)

81 — *Choc de cavalerie et d'infanterie, au bord d'une rivière.*
Signé à droite et daté : *1782*.
Cadre en bois sculpté.

LAWRENCE (Genre de Th.)

82 — *Portraits de deux personnages.*

LE DUCQ (Attribué à Jean)

83 — *Un Musicien.*

LELY (Peter)

84 — *Portrait de femme en corsage blanc, manteau bleu.*

LONGUET

85 — *Vue d'un parc avec pièce d'eau.*

LUNDENS (Gerrit)

DEUX PENDANTS

86-87 — *Jeux villageois.*
Signés en toutes lettres.

MABUSE (Attribué à Jean de)

88 — *La Vierge allaitant l'Enfant Jésus.*

MEERHOUT (J.)

89 — *Vue de Hollande.*

Signé à gauche.

MIGNARD (Ecole de)

90 — *Vanitas.*

MILLET (Francisque)

91 — *Paysages accidentés, avec constructions, cours d'eau et figures.*

Suite de cinq tableaux.

MOLENAER

92 — *La Partie de chant.*

MONNOYER (Attribué à Baptiste)

93 — *Vase de fleurs posé sur une table de marbre.*

MORLAND (Attribué à Georges)

94 — *Les Fermiers.*

A droite, une femme étend du linge sur une barrière.

PALAMEDES (Attribué à)

95 — *La Partie de musique.*

PATER (Attribué à)

96 — *Fête champêtre.*

POURBUS (Ecole de)

97 — *Portrait de femme tenant une chaine d'or dans ses mains.*

POUSSIN (Ecole du)

98 — *Paysage accidenté, avec figures au premier plan.*

PRUD'HON (Attribué à P.-P.)

99 — *Le Coup de vent.*
Toile de forme ovale.

RAPHAEL (Ecole de)

100 — *Sainte Famille.*

RICCI (Attribué à Sébastien)

101 — *La Vierge, l'Enfant Jésus, saint Dominique et sainte Claire.*

ROSLIN (Alexandre)

102 — *Jeune femme portant un ruban dans les cheveux.*

Toile de forme ovale.

SANTERRE (Jean-Baptiste)

103 — *Jeune femme en robe de soie jaune, faisant un geste de la main droite.*

SAUVAGE (Genre de)

104 — *Amours, fruits et guirlandes.*

Grisaille. Dessus de porte.

SCHALKEN (Godefroy)

105 — *Vénus et l'Amour.*

SNYDERS (Attribué à)

106 — *Chiens et sanglier.*

TAUNAY (Nicolas)

107 — *Convoi militaire.*

Signé à gauche.

TENIERS (Attribué à)

108 — *Le Chirurgien de village.*

Bon et important tableau.
Cadre en bois sculpté.

TENIERS (D'après)

109 — *Kermesse.*

Peinture sur cuivre.

TITIEN (D'après le)

110 — *La Belle Laure.*

VAN LOO (Attribué à Carle)

111 — *Portrait de femme en Source.*

VERNET (Attribué à Joseph)

112 — *Paysage avec cascades et figures.*

VIDAL

113 — *Fleurs, fruits, oiseaux et bocal de poissons rouges.*

Signé à droite.

VIGÉE-LEBRUN (Attribué à Mme)

114 — *Portrait d'homme en habit noir.*

VLIEGER (Attribué à Simon de)

115 — *Bateaux de pêche sur une mer agitée.*

VLIET (Van)

116 — *Apparition aux bergers.*
Signé au centre.

VOIRIOT (G.)

117 — *Portrait de femme en robe verte.*
Signé et daté : *1797.*

WATTEAU (Genre de)

118 — *Dame dans un parc.*

ECOLE ALLEMANDE (XVIe siècle)

119 — *L'Adoration des Mages.*

ECOLE ALLEMANDE (XVIe siècle)

120 — *Martyre d'une sainte.*

ECOLE ANGLAISE

121 — *Paysage avec clocher.*
Peinture sur bois, de forme ovale.

ECOLE ANGLAISE

122 — *Portrait d'un officier, appuyé sur son cheval.*

ECOLE ANGLAISE

123 — *Paysage boisé, avec figures sur une route.*

ECOLE ESPAGNOLE

124 — *Personnages à la porte d'une église.*

ECOLE FLAMANDE

DEUX PENDANTS

125-126 — *Fruits et fleurs.*

ECOLE FRANÇAISE (XVIIIe siècle)

127 — *Le Joueur de Cornemuse.*

ECOLE FRANÇAISE (XVIIIe siècle)

128 — *Portrait d'artiste.*

ECOLE FRANÇAISE (XVIIIe siècle)

129 — *Portrait de femme coiffée d'un fichu.*

ECOLE FRANÇAISE (XVIIIe siècle)

130 — *Portrait présumé de Latour.*

La main gauche appuyée sur un carton à dessin.

ECOLE FRANÇAISE (XVIIIe siècle)

131 — *Portrait de jeune femme.*

1.400 Elle tient un éventail de la main droite.

Cadre en bois sculpté.

ECOLE FRANÇAISE (XVIIIe siècle)

132 — *Portrait d'homme, accoudé sur une table.*

ECOLE FRANÇAISE

133 — *Jeune femme assise dans un parc.*

Elle est entourée d'enfants portant des attributs.

Composition allégorique.

ECOLE FRANÇAISE

134 — *Portrait d'homme en redingote jaune.*

ECOLE FRANÇAISE

135 — *Jeunes femmes dans un parc.*

ECOLE FRANÇAISE

DEUX PENDANTS

136-137 — *Paysages avec cours d'eau, pont rustique, ruines et figures.*

Bois de forme ovale.

ECOLE FRANÇAISE

138 — *Portrait d'une jeune princesse.*

Cadre en bois sculpté.

ECOLE FRANÇAISE

139 — *La Promenade dans le parc.*

ECOLE FRANÇAISE

140 — *Portrait de femme en corsage rouge, manteau bleu.*

Cadre en bois sculpté.

ECOLE FRANÇAISE

141 — *Vénus et l'Amour.*

142 — *La Balançoire.*

143 — *Pastorale.*

Trois toiles décoratives.

ECOLE HOLLANDAISE (XVIIe siècle)

144 — *Portrait de femme vêtue de noir.*

ECOLE HOLLANDAISE

145 — *Fruits et légumes posés près d'un verre, sur une console.*

ECOLE ITALIENNE

146 — *Jeune femme en Cérès.*

Elle est entourée d'une guirlande de fruits.

ECOLE ITALIENNE

147-148 — *Corbeilles de fleurs.*

Deux dessus de porte.

149 — Sous ce numéro, qui sera divisé, seront vendus des tableaux, dessins et gravures non portés au présent catalogue.

www.ingramcontent.com/pod-product-compliance
Ingram Content Group UK Ltd.
Pitfield, Milton Keynes, MK11 3LW, UK
UKHW020528180726
13839UKWH00005B/2385